Bas les pattes, pirate!

Des romans à lire à deux,
pour les premiers pas en lecture !

La collection Premières Lectures accompagne les enfants qui apprennent à lire. Chaque roman peut être lu à deux voix : l'enfant lit les bulles et un lecteur confirmé lit le reste de l'histoire.

Cette collection a trois niveaux :

JE DÉCHIFFRE les bulles peuvent être lues par l'enfant qui débute en lecture.

JE COMMENCE À LIRE les bulles peuvent être lues par l'enfant qui sait lire les mots simples.

JE LIS COMME UN GRAND les bulles peuvent être lues par l'enfant qui sait lire tous les mots.

Quand l'enfant sait lire seul, il peut lire les romans en entier, comme un grand !

Un concept original **+** des histoires simples **+** des sujets qui passionnent les enfants **+** des illustrations : **des romans parfaits pour débuter en lecture avec plaisir !**

Cette histoire a été testée par Sophie Dubern, enseignante, et des enfants de CP.

© 2002 Éditions Nathan / VUEF (Paris, France), pour la première édition
© 2011 Éditions NATHAN, SEJER, 25 avenue Pierre de Coubertin 75013 Paris
pour la présente édition
Loi n° 49-956 du 16 juillet 1949 sur les publications destinées à la jeunesse,
modifiée par la loi n° 2011-525 du 17 mai 2011.
ISBN : 978-2-09-251270-8

Bas les pattes, pirate !

TEXTE DE MYMI DOINET
ILLUSTRÉ PAR MATHIEU SAPIN

Cet été, le roi Igor envoie sa fille en croisière sur son grand bateau pour la première fois.

Cependant, loin de son château,
la princesse s'ennuie très vite.

Le nez collé au hublot,
elle soupire.

Comme je m'embête.
Ici, je n'ai pas d'ami.

Tout à coup, la princesse reçoit
des gouttes d'eau salée sur sa couronne.
Elle se retourne : c'est Léo le petit
matelot. En rangeant ses filets de pêche,
il a éclaboussé Zoé, sans faire exprès.

Et sans attendre la réponse,
Léo se faufile sur le pont.
Zoé s'exclame :

Zut, mes pieds
sont trop serrés
dans mes souliers !

Pieds nus, on court plus vite !
Zoé retire ses escarpins vernis
et se lance à la poursuite
du petit matelot.

Mais arrivée au pied du mât,
Zoé ne le voit pas.

Où te caches-tu
Léo ?

Le petit matelot
fredonne :

Lève la tête, je suis
dans les nuages !

À son tour, Zoé escalade le mât.
Une fois en haut,
près de Léo,
elle s'écrie :

Là-bas,
dans la brume,
on dirait le dos
d'une énorme baleine !

Léo écarquille les yeux et pâlit.

Sauve qui peut, c'est le navire de Barberage !

Avec sa bande d'affreux compères,
le terrible pirate fonce vers le bateau du roi.

Bientôt, Barberage apparaît
sur le pont et lève son sabre
en hurlant.

17

Les brigands enferment Léo et l'équipage
dans la cale du bateau,
et Barberage ligote Zoé au pied du mât.
Zoé se fâche :

Bas les pattes,
pirate !

Barberage gribouille
sur un vieux parchemin.

En échange
de la princesse,
je veux dix mille
pièces d'or !

Puis il ordonne
à Pablo, son perroquet :

Lorsque le roi Igor reçoit le message, il devient fou de colère.

Ce maudit pirate a osé s'attaquer à ma fille. Il mérite une bonne leçon !

Sur le bateau, à la tombée de la nuit,
Léo réussit à s'échapper de la cale.

Courageux, il s'approche
doucement de Zoé
et lui chuchote :

Je vais
te libérer, Zoé !

Au même moment, le roi Igor arrive.
Il monte sur son bateau et donne
à Barberage un coffre très lourd.

Tu as ton or,
Barberage.
Alors, disparais
de ma vue !

Tandis que les pirates s'éloignent
sur leur navire, Léo, furieux marmonne :

Ce n'est pas juste,
Barberage
mérite d'être cuit
comme un homard !

Et Zoé tempête à tue-tête :

Papa, il ne fallait pas
lui céder !

Le roi Igor éclate de rire.

Ne t'inquiète pas
ma crevette,
j'ai fait une farce
à ce pirate d'eau douce !

À peine arrivé sur son île, Barberage
commence à compter sa fortune
mais son trésor fond dans ses mains.

Bravo ! Tu as lu un livre en entier !
Tu as aimé cette histoire ?
Découvre d'autres livres de la même autrice !

N° éditeur : 10243892 – Dépôt légal : août 2006
Achevé d'imprimer en février 2018 par Pollina
(85400 Luçon, Vendée, France) – 83909

Nathan présente les applications Iphone et Ipad tirées de la collection *premières* **lectures**.

L'utilisation de l'Iphone ou de la tablette permettra au jeune lecteur de s'approprier différemment les histoires, de manière ludique.

Grâce à l'interactivité et au son, il peut s'entraîner à lire, soit en écoutant l'histoire, soit en la lisant à son tour et à son rythme.

Avec les applications *premières* **lectures**, votre enfant aura encore plus envie de lire... des livres!

Toutes les applications *premières* **lectures** sont disponibles sur l'App Store :